Pour Louanne,
qui va avoir la trouille,
et qui, j'espère,
va trépigner...

V. V.

Hôtel des Frissons

Sans corps ni tête

Vincent Villeminot
Illustré par Joëlle Dreidemy

Nathan

HÔTEL

Il y a un hôtel, à l'entrée de la ville, dans une rue oubliée...

Toutes les maisons des alentours sont fermées. Leurs fenêtres ont été murées. Les chats noirs du quartier prétendent que, pendant les nuits chaudes d'été, on peut croiser sur le trottoir des gros rats gras, aux dents tranchantes, aux griffes griffues.

Pourtant, l'hôtel, lui, est intact.

La nuit, sa façade est dorée. Brillamment éclairée. Chaque matin, c'est un ballet de taxis, de limousines. Des clients quittent l'hôtel, chargés de paquets, de malles, de valises, de boîtes à chapeau… Un jour, on en a même vu un repartir dans une antique calèche !

Mais ce sont peut-être des racontars. Des légendes. Des contes à dormir debout. Ou peut-être que c'était vrai, mais que tu arrives trop tard... Parce que ce matin, en pleines vacances d'été, on n'aperçoit aucun client.

Et il y a deux camions garés devant la porte. On dirait qu'on déménage. On dirait qu'on vide la maison. Dans le camion de l'antiquaire, deux hommes entreposent soigneusement les affaires. Dans le camion-poubelle, les éboueurs entassent des trucs en vrac, moches ou cassés.

Que se passe-t-il ?

Tout le monde s'en va ?

Sur la porte à tambour, un écriteau indique : « Fermé une semaine pour travaux ».

Hum, malgré l'heure matinale, tu entres sur la pointe des pieds. Pas de groom en livrée écarlate pour te saluer du menton, sans un mot. Tu te glisses dans le hall, immense : ça alors ! Pour un hôtel fermé, ça grouille de monde ! Sur les tapis épais, profonds, silencieux, ça va et vient dans tous les sens. Trois déménageurs, véritables colosses, aux bras épais comme des jambons, décrochent des tableaux. Un éboueur passe, avec des cochonneries sous le bras. L'antiquaire discute avec le direc-

teur, il fait la liste de tout ce qu'il va lui racheter, il y en a pour une belle petite somme, et ils sont en train de négocier.

Du personnel monte des vieilleries au grenier.

Que se passe-t-il ?

Tout le monde s'en va ?

Tu restes là, caché derrière un grand vase Ming, posé sur une commode Régence. Quand les employés de l'antiquaire emportent le vase et la commode, tu te faufiles derrière une pile de cartons. Quand les éboueurs emportent la pile de cartons, tu te dissimules derrière un palmier.

Ouf, plus rien ne bouge.

Le déménagement a l'air fini.

Que va-t-il se passer, maintenant ?

Soudain, tu le vois débouler des cuisines. Un garçon aux yeux de chouette, aux lunettes de travers, aux cheveux semés de carottes. Il traverse le hall vide, une tartine de confiture à la main. Il hésite, s'arrête, revient devant l'escalier. Et là, il se met à crier :

– Oh nonnnnnn !

1

Jean-sans-Tête a disparu

Le rouquin à lunettes de chouette se précipite à l'autre bout du hall, et tambourine à une porte marquée « Privé ».

– Margot ! Margot ! Viens voir ! Margot, c'est une catastrophe !

Trente secondes plus tard, une fillette lui ouvre.

– Qu'est-ce qui se passe, tu es devenu fou ?

Elle, c'est Margot, la fille du propriétaire de l'hôtel : elle a des cheveux noirs comme

la nuit, un teint pâle comme la mort, et il a dû la déranger pendant son petit déjeuner, parce qu'elle est encore en pyjama. Lui, c'est son meilleur copain, Tristan – le fils du chef cuistot du restaurant. Et là, il a juste l'air paniqué, hors de lui.

– Regarde ! Mais regarde ce qu'a fait ton père, ce matin !

Il montre le hall vide : plus de commode Régence, le refuge préféré des souris ! Plus de lustre immense et plein de pampilles !

– Ben quoi, c'est normal, tu sais bien qu'il fallait revoir la décoration. Les peintres arrivent demain.

– Oui, mais là, regarde ! Sur le palier de l'escalier…

– Oh, mon Dieu !

Margot semble avoir compris. Elle suit son ami, et comme lui elle constate : sur le palier de l'escalier d'honneur, hier encore, il y avait une armure minuscule, un tout petit chevalier décapité. Un drôle de zigue, invisible dans son armure étêtée, qui pouvait bouger, et parler, quand les clients avaient les yeux tournés.

Jean-sans-Tête ! Jean-sans-Tête a disparu !

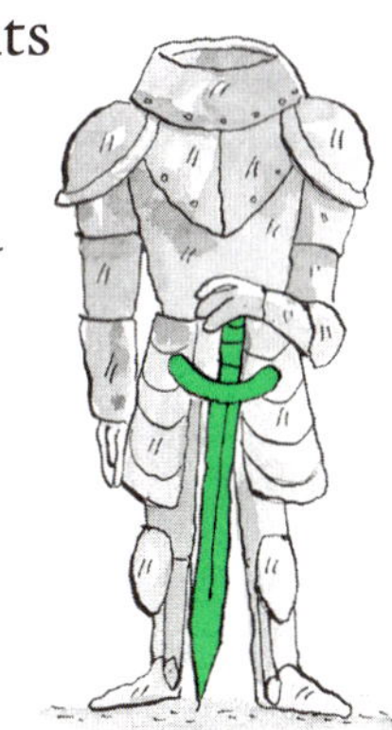

– Bon, pas de panique, raisonne Margot. Ils ont dû le mettre au grenier.

– Tu as peut-être raison... Habille-toi, je vais chercher ma lampe torche.

Aussitôt dit, aussitôt fait. Cinq minutes plus tard, Margot a enfilé un tee-shirt, un pantalon. Tristan a sa lampe torche, un couteau de boucher et un pistolet à plombs (parce qu'on ne sait jamais, il flanque vraiment la trouille, le grenier ; c'est une pièce presque aussi interdite que le dangereux deuxième étage).

Et ils se ruent tous les deux dans l'escalier.

2
Le miroir

Les déménageurs n'ont pas remis le verrou du grenier. Tristan pousse la porte. Elle grince.

– Tu étais déjà entrée là-dedans ? demande-t-il.

– Non, interdiction formelle, répond Margot, en souriant.

Ce qui est interdit, c'est ce qu'elle préfère.

Tristan allume sa lampe torche. Il éclaire des lambeaux de toiles d'araignées, qui volettent dans l'air poussiéreux, sous les combles. Trois araignées s'enfuient en tricotant de leurs huit pattes maigres sur le vieux plancher.

– Brrrrrr, tu imagines, s'il y a des rats… frissonne le garçon. Je n'aime pas ça.

– Bah, les rats, ce ne sont jamais que des souris un peu améliorées, dit Margot en haussant les épaules. Tu n'auras qu'à leur tirer dessus avec ton pistolet.

– N'empêche, heureusement que les fantômes n'existent pas, murmure Tristan.

– Tu sais bien que si, répond Margot. Des fantômes, il y en a plein cet hôtel.

Le plancher craque sous leurs pas. La plupart des meubles sont couverts d'une épaisse couche de poussière. Tristan repère des tableaux. Ce sont les portraits sévères des anciens propriétaires de l'hôtel.

– Hum, de bonnes têtes de vampires… souffle le garçon.

Les derniers meubles qu'on a montés, ce matin, sont entassés dans un coin de la pièce. On les reconnaît facilement, ce sont les seuls que la poussière et les toiles d'araignées n'ont pas encore colonisés.

– Tu vois Jean-sans-Tête ? demande Tristan.

– Non, il n'y a aucune armure.

– Dans cette vieille armoire, peut-être.

Margot l'ouvre, et là, elle sursaute. Sa voix vient de dire :

– Il n'y a rien là-dedans.

Alors qu'elle n'a pas ouvert la bouche.

– Tu… Tu as entendu ?

– Non. Quoi ? s'étonne Tristan. À part toi qui disais que…

– Mais justement, répond Margot. Je n'ai rien dit du tout…

Elle referme la porte, la rouvre.

– Je vous ai dit que c'était vide, insiste sa voix…

… alors qu'elle n'a toujours pas prononcé un mot !

On dirait que… Oui, ça vient de la glace accrochée à l'intérieur de la porte.

– Éclaire là, dit Margot à Tristan.

Le garçon obéit, en braquant son pistolet de la main gauche. Ils voient leurs reflets et celui du faisceau de la lampe, qui les éblouit un peu.

– Vous… Vous parlez ? bégaye Margot.

Dans le miroir, ses lèvres n'ont pas bougé. En revanche, la fillette du reflet lui répond :

– Eh bien oui, vous avez entendu !

Tristan, de trouille, a lâché son arme. Il demande :

– Mais qui êtes-vous ?

Le Tristan du miroir persifle :

– À votre avis ?

– Ben je ne sais pas…

– Alors, nous non plus, répondent en chœur les Tristan et Margot de la glace.

Et ils se mettent à faire des mouvements étranges. Comme s'ils essayaient de sortir. Margot n'a pas envie de s'attarder.

– Vous savez où sont passées les armures ? demande-t-elle.

– Ma foi, je crois que l'antiquaire les a rachetées. Il ne voulait pas de nous, ni de notre armoire…

– … alors que nous sommes bien plus intéressants.

– Vous venez du deuxième étage ? s'enquiert Tristan.

– Oui, évidemment. Vous ne voudriez pas entrer vous enfermer avec nous dans le noir ?

Margot se sent étrangement attirée… hypnotisée… Elle fait un pas vers le miroir… Les deux reflets lui sourient.

– Oui, viens avec nous…

Elle va entrer…

Tristan lui barre le passage, et referme aussitôt la porte à clé.

Ils se dévisagent tous les deux, effrayés.

– Ouah, flippant… s'exclame Tristan.

T'as vu comme ils nous regardaient !

– Je crois qu'il ne faudra jamais, jamais plus écouter ces deux-là, renchérit Margot. Un peu plus, et j'entrais là-dedans.

– Tu imagines, s'ils voulaient échanger leur place avec nous ? Je n'aimerais pas les laisser gambader dans la nature…

– Et moi encore moins me retrouver coincée dans un miroir pour toujours.

Tristan donne un deuxième tour de clé décidé à l'armoire, puis il la retire de la serrure et la glisse dans sa poche.

– Comme ça, je suis plus tranquille.

– Bon, l'essentiel, conclut Margot, c'est qu'on sait maintenant où est Jean… Je vais chercher l'adresse de l'antiquaire dans le bureau de mon père !

3

Impasse des Longs-Couteaux

Ils dégringolent les marches, entrent à pas de loup dans les appartements privés du directeur.

Pas un bruit.

– Toi, tu montes la garde, dit la fillette à Tristan.

Elle pousse la porte du bureau, jette un œil furtif : personne. Elle ouvre le placard des factures, tire le dernier classeur. À la dernière page, elle trouve la note payée par le marchand pour racheter les antiquités de l'hôtel. Tableaux, meubles, vases Ming... Argenterie... Armures ! Bingo !

Elle recopie en hâte l'adresse figurant sur la facture : « À l'Ancien Temps, 3, impasse des Longs-Couteaux ».

Elle range le classeur, ressort en courant.

– Ça y est, je sais où c'est !

Ils se précipitent dans l'appartement de Tristan, regardent comment se rendre chez l'antiquaire. Un bus, un peu de marche... Ils y seront dans une heure, si tout va bien.

Juste avant de quitter les lieux, Tristan lance à son père :

– Papa, on va pique-niquer à la piscine, avec Margot ! Préviens son père !

Et ils filent vers le hall, sans laisser au chef cuistot le temps de répondre.

En hâte, ils sortent de l'hôtel. Sans tarder, ils attrapent le bus.

– Tu crois que l'antiquaire voudra bien nous le rendre ? s'inquiète Margot.

– Non. S'il l'a payé, il faudra le racheter.

– Comment on va faire, alors ?

– Eh bien, on va le récupérer, sans rien demander à personne…

Le garçon sourit de toutes ses dents.

– Mais… Mais… mais c'est du vol ! proteste Margot.

– Tu vois une autre solution ? Il ne fallait pas acheter notre copain Jean !

C'est vrai, au fond : tant pis.

Ils descendent du bus. Ils marchent dix minutes. Tournent rue des Assassins, puis rue des Écorcheurs, et arrivent impasse des Longs-Couteaux. Brrrr, drôle d'endroit pour installer son magasin. Il y fait

sombre, très sombre, alors qu'on est en plein été.

Tristan s'approche à quatre pattes de la porte vitrée. Hum, ça a l'air fermé. Sans doute l'heure du déjeuner. Il lève la tête, regarde prudemment à l'intérieur, le nez au ras de la vitrine. Il voit des meubles anciens, des statues chinoises, des tentures de soie, mais pas l'ombre d'un minuscule chevalier. Se peut-il que…

« OUAH, OUAH ! »

Un chien gigantesque s'est jeté contre la porte, de l'autre côté. Noir, les dents blanches, les yeux fous. On dirait un loup !

Tristan a sursauté si haut que ses lunettes ont glissé sur son nez.

Quand il revient vers Margot, il en tremble encore.

– C'est fermé... Et pas question d'essayer d'entrer.

– Qu'est-ce qu'on fait ?

– Écoute, je n'ai pas vu Jean dans la vitrine ni dans le magasin. Si ça se trouve, l'antiquaire n'a pas encore déballé ses achats... Ou bien, il les a rangés quelque part, en attendant de les exposer.

Tristan regarde autour de lui, repère une double porte en métal qui semble ouvrir sur une cour, juste à côté du magasin d'antiquités. Il escalade le mur attenant, et interpelle Margot :

– C'est ce que je pensais. Il y a une cour pleine d'objets anciens, et une remise. Et il y a aussi le camion de ce matin. Viens !

– Mais si le chien…

– Non non, l'antiquaire l'a sûrement enfermé dans sa boutique, pour la garder.

Tristan redescend pour faire la courte

échelle à Margot, qui n'est pas une acrobate. Hop, les voilà dans la cour où est garé le camion, au milieu d'objets hétéroclites : une ancienne charrette à bras, des statues de lion en pierre... Sous un préau, sur une étagère, des dizaines de poupées les fixent : leurs yeux de porcelaine, éternellement ouverts, ont même l'air de vouloir les suivre.

– Elles me font peur, murmure Margot. Depuis l'épisode de l'armoire, j'ai l'impression que tous les objets sont menaçants.

Tristan ne lui répond pas. Il essaye d'ouvrir la porte arrière du camion. Surprise, elle n'est pas verrouillée. Mais le fourgon est vide.

– Zut, Jean n'est pas ici !

Le garçon va jusqu'à la porte en bois qui ferme la remise de la cour. Derrière les fenêtres grasses de crasse, on devine tout un bric-à-brac.

Mais ce coup-ci, c'est cadenassé…

– Comment on fait pour entrer ?

Dans l'arrière-boutique de l'antiquaire, le chien aboie.

Les entend-il ? Les a-t-il flairés ?

– Vous n'avez qu'à m'utiliser, fait alors une voix, dans la poche de Tristan.

– Qui… Qui a parlé ?

4

Dans la remise

Tristan sort de sa poche… la clé de l'armoire du grenier.

– Tiens, je l'avais oubliée, celle-là !

Margot fronce les sourcils. Après le miroir hypnotiseur, une clé qui parle ?

Elle n'aime pas du tout ça…

– Vous… Vous pourriez ouvrir ce cadenas ? demande Tristan à la clé.

– Les mots magiques ?

– S'il vous plaît…

La petite clé ronde devient plate comme

une limande. Tristan l'introduit dans le cadenas. Clac, il s'ouvre.

Margot attire son ami à l'écart, chuchote à son oreille en regardant la clé en biais :

– Retire-la du cadenas, et remets-la dans ta poche. Si ça se trouve, elle essaye de nous piéger comme l'armoire tout à l'heure…

– Tu as raison.

Quand ils reviennent, la clé demande :

– Qu'est-ce que la fille a dit ?

– Ça ne vous regarde pas. Au revoir et merci !

Tristan la remet dans sa poche. Retire le cadenas.

Sort sa lampe torche.

Entrouvre la porte. Qui grince. Parce que, décidément, c'est une journée inquiétante.

Deux pas, à l'intérieur…

5

L'âme des guerriers morts (mais vivants)

Dans la pénombre, mal éclairées par les fenêtres crasseuses, il y a toutes les vieilleries que l'antiquaire n'a pas eu le temps de nettoyer, de réparer, ou qu'il n'a pas envie de présenter dans son magasin.

À l'entrée, deux armures noires et dorées de samouraïs, avec masques et sabres, semblent monter la garde. Au mur, il y a aussi des tableaux, des photos, des vieilles lampes. Des animaux empaillés, un renard et un blaireau gueules grandes ouvertes, font la grimace en haut d'une bibliothèque.

– Brrrrrr, bizarre, cet endroit, non ?

– Oui, l'armoire au miroir ensorcelé aurait parfaitement sa place ici...

Au milieu des buffets, des vaisseliers, des abat-jour et des fauteuils à retapisser, les yeux de Tristan et Margot cherchent un minuscule chevalier.

– Là, les anciens seigneurs de l'hôtel !

Margot suit Tristan dans le dédale, en rentrant le ventre, en se cambrant, pour passer entre les meubles. Effectivement, dans un recoin près de la porte d'entrée, elle reconnaît les hautes armures des trois chevaliers qui décoraient la mezzanine de leur hôtel jusqu'à ce matin. Ce sont eux ! Sûr de sûr ! Ils ont le même blason, trois lions dorés dans un écusson rouge.

– Zut, Jean n'est pas ici !

– HA HA HA ! Le petit écuyer ?

– C'est… C'est toi qui as rigolé ? bégaye Margot.

– Non, non, répond Tristan.

– Non, c'est moi !

L'un des chevaliers se penche vers eux. Margot étouffe un cri aigu.

– Vous… Vous êtes vivant !

– Comme votre ami Jean !

Tristan a fait un bond de côté.

– Nous sommes vivants tous les trois, précise un deuxième chevalier. Quand un vaillant guerrier meurt, son esprit se réfugie dans son armure, pour l'éternité.

– Et… Et où est Jean ? demande Margot. Euh… S'il vous plaît ?

– Jean l'avorton, Jean le minuscule, Jean le ridicule ? Il n'avait pas sa place parmi nous, s'offusque le troisième soldat d'une voix grave. Il avait la taille d'un enfant, même pas d'un écuyer… Et son heaume lui manquait.

– Notre nouveau suzerain n'en a pas voulu… Il l'a envoyé aux ordures…

– À la benne !

– À la déchetterie.

– C'est bien fait pour lui !

– Hey, du calme, les triplés ! proteste Margot. Vous parlez de notre ami !

– Votre ami… Eh bien, il a fini broyé, brûlé, ou sûrement recyclé, pour fabriquer des boîtes de petits pois !

– Ou de raviolis.

– Ou de salsifis.

– Quelle horreur ! s'exclame Tristan.

– Quelle barbarie ! s'écrie Margot.

– Bah, c'est tout ce qu'il méritait…

– Il n'avait jamais combattu l'épée à la main !

– Il n'avait pas sa place chez notre nouveau seigneur.

– Ça suffit, les plaisantins, se fâche Tristan. Vous êtes enfermés dans une remise, alors, je serais vous, je ne ferais pas les malins.

– Pas du tout ! fanfaronne le premier chevalier en sortant son épée.

– Nous avons accepté l'idée de suivre

cet antiquaire ce matin pour rejoindre un nouveau château, c'est tout ! prétend le deuxième en dégainant une hache.

– Tu parles, Charles ! se moque Tristan.

– O.K., O.K., on se calme… les apaise Margot. Merci de l'information, messieurs les chevaliers.

Elle se penche vers Tristan.

– Ne les énerve pas, je ne tiens pas à me battre contre des chevaliers morts !

– En attendant, on a bel et bien perdu Jean. À cette heure-ci, il a déjà dû passer sous un rouleau compresseur…

– Hum… En fait, je suis là, fait une petite voix, à côté d'eux.

6

Bataille !

– Jean ? C'est toi ?

– Oui, chuchote la voix de leur ami, depuis le vase Ming posé sur la commode Régence.

Margot attrape l'objet finement décoré.

– Tu… Tu es là-dedans ?

– Oui… Désolé… Quand les éboueurs sont venus m'enlever, j'ai juste eu le temps de me glisser hors de mon armure, et de sauter dans le premier récipient venu… Pas envie de me retrouver dans une benne.

– Ha ha ha, il s'est réfugié dans un vase ! se moque l'une des armures.

– Vous parlez d'un chevalier !

– Taisez-vous ! gronde Margot.

– Euh, les copains, si vous pouviez m'emmener vite fait, et me trouver un autre endroit où me glisser, ça serait pas mal. Je suis un peu tassé là-dedans, intervient Jean.

– Pas question de voler notre nouveau suzerain ! rugit l'un des trois chevaliers en faisant tournoyer son fléau d'armes au-dessus de sa tête. Larrons, marauds !

Suivi de ses deux comparses munis d'une hache et d'une épée, il s'avance, menaçant. Bousculant les meubles sur son passage.

– Je suis la fille de votre ancien propriétaire, une princesse, leur lance Margot. Vous me devez le respect !

Deux secondes, les chevaliers hésitent.

Profitant de leur trouble, Tristan prend le vase des mains de Margot, monte sur la commode, bondit sur une armoire, essaye de se précipiter de meuble en meuble vers la sortie.

Margot le suit.

La peur la rend agile.

Mais… Mais devant la porte toujours entrouverte, les deux samouraïs ont changé de position. Ils leur bloquent le passage. Avec leurs sabres. Masques impassibles.

Ils disent un truc en japonais.

– Je… Je crois qu'ils ne veulent pas qu'on cambriole leur seigneur-antiquaire, eux non plus !

– Oui, ça m'en a tout l'air…

– Oh ! Attention, Margot !

Derrière la « princesse » perchée sur sa pile

de meubles, le chevalier à la hache s'approche.

Au même moment, le plus grand des samouraïs fait un pas vers eux, et exécute un terrible moulinet de son sabre katana.

Le chevalier donne un coup de hache, Tristan bondit pour l'éviter.

Le samouraï tranche dans le tas, Margot saute pour esquiver.

Et... Et... Le sabre du samouraï décapite net le chevalier.

– Bien fait ! se réjouit Jean, dans son vase.

Mais Margot a glissé, dans sa parade. Elle bouscule Tristan. Qui lâche le vase.

Le récipient de Jean tombe par terre. Éclate en mille morceaux.

– Ouille ! fait Jean.

– Aïe, fait le chevalier décapité, en tombant à genoux.

–あなたは死んでしまいます！ s'exclame le samouraï, dans sa langue mystérieuse que personne ne comprend.

– Vite, Jean, saute dans le heaume du chevalier sinon, tu vas te disperser !

Trois secondes plus tard, le heaume de leur ennemi zigouillé se met à gigoter. Jean vient d'y entrer. Tristan saute à terre, le prend sous le bras, et escalade la bibliothèque à côté des animaux empaillés.

Margot le rejoint d'un bond.

7

Banzai !

Ici, ils sont assez haut, mais... ils sont coincés entre les samouraïs et les chevaliers.

– Je suis encore plus serré dans ce casque ! râle Jean-sans-Corps.

– Pour l'instant, il faut qu'on sorte ! le coupe Tristan.

– Les animaux ! crie Margot.

Elle attrape par la queue le renard et le fait tournoyer au-dessus de sa tête...

– Banzai ! braille Tristan, en faisant de même avec le blaireau.

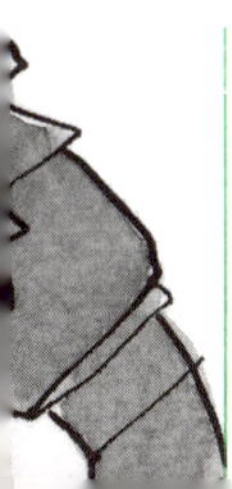

Et exactement en même temps, ils lâchent les deux bestioles naturalisées, pile sur le casque des samouraïs.

Qui disent :

– Aïe, en japonais.

– Ouille, en japonais.

– Arigato, hara-kiri, mangaka, sushis et tanigushi ! hurlent Tristan et Margot.

Ils lancent Jean entre les jambes de l'un d'eux, il roule et passe le seuil !

Ils se jettent à leur tour entre les gardiens étourdis. Margot leur claque la porte au nez, pile au moment où les samouraïs se retournent, et alors que les deux chevaliers de l'hôtel se précipitent dans la mêlée.

– Vite, Tristan, le cadenas !

– Ha ha ha, sauvés !

Sauvés ? Pas si sûr…

Dans leur dos, un bruit les fige sur place. Un grondement. Un grognement.

8

Le chien comme dans un jeu de quilles !

Ils se retournent.

Apparemment, l'antiquaire est revenu pendant leur exploration... Et il a libéré son gros chien noir, qui tourne en rond dans la cour, en grondant !

– Bon sang, mais c'est un cauchemar !

– Le monde nous en veut, ou quoi ?

– Si seulement j'avais mon pistolet...

Tristan et Margot reculent, doucement, vers la porte d'acier fermée du portail, en

contournant l'énorme chien menaçant.

– Ne le fais pas aboyer, surtout, murmure Margot. Sinon, l'antiquaire va venir voir ce qui se passe dans sa cour…

– On n'aura jamais le temps d'escalader le mur. Il va nous croquer les jambes…

– Lâchez-moi, dit Jean-dans-le-Heaume. J'en fais mon affaire !

Margot ne réfléchit pas. Sans prévenir, elle lance le casque vers le chien, comme une boule de bowling vers son jeu de quilles. Le heaume roule jusqu'au monstre. S'arrête presque sous son nez. Surpris, déstabilisé, le toutou ne sait que faire. Doit-il rapporter la baballe ?

– Fuyez, vite ! lance soudain Jean-sans-Corps.

Et tout à coup, le heaume se met à rebondir.

Bam, un coup de visière sur la truffe du chien. Bim, un coup de calotte sur le dos.

« Kaï kaï… » glapit le molosse en reculant de trois pas.

Profitant de l'occasion, Tristan fait la courte échelle à Margot, l'aide à basculer de l'autre côté du mur, se laisse tomber derrière elle. Sauvés !

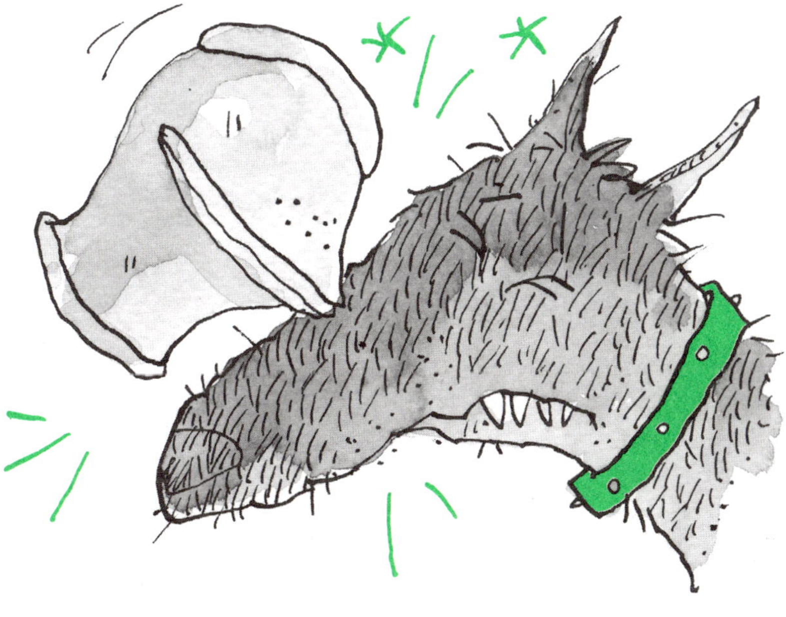

Dans la cour, bong bong bong, la tête sautille autour du cabot.

Le chien essaye de la mordre, mais « kaï », il se casse une dent.

Le chien essaye de l'éviter, mais clac, elle le pince d'un coup de visière.

Bong bong, le casque d'acier prend de la vitesse, saute sur l'échine du chien méchant, sur la charrette à bras, utilise son élan…

Wish ! Jean s'envole littéralement. Très haut. Dans les airs. Au-dessus du mur de la cour…

– Attrape-le ! crie Margot à Tristan.

Tristan recule, comme s'il voulait réceptionner un ballon de foot américain. Il va l'attraper. Mais au dernier moment, il pense « casque de métal… dur… fait mal… ouille… bobo… ». Alors, il retire les mains, le heaume tombe sur le trottoir, rebondit, quatre fois, bong bong bong bing, et va s'échouer lamentablement contre les pneus d'une voiture.

Margot le ramasse.

– Jean, ça va ?

– Super ! J'ai l'impression d'avoir passé la dernière minute dans la peau d'une boule de flipper… Je vais avoir une de ces migraines.

Dans la cour, on entend les aboiements du chien, les vociférations de l'antiquaire :

– Au voleur ! À l'assassin !

– Filons ! lance Tristan.

9

Drôle d'escargot sans coquille...

Un peu plus loin, ils s'arrêtent sur le trottoir, et Margot pose le heaume de Jean sur le sol, à l'envers.

– Tu es dans quelle position, là, exactement ? demande Tristan. Tu as les jambes en l'air ?

– Je suis tout tassé dans ce machin, et j'ai la tête qui sort, si tu veux savoir… J'ai l'habitude de pointer le nez dehors, depuis qu'on m'a décapité l'armure… Mais si je

n'ai pas de contenant, je risque de me disperser au moindre coup de vent…

– Ah ouais, tu serais tout nu, comme un bernard-l'ermite entre deux coquilles ! ricane le rouquin.

– Arrête, le gronde Margot, ce n'est pas rigolo.

– Exactement, fait Jean-dans-le-Heaume, tristement. Si vous croyez que c'est marrant d'être une âme errante !

Margot fronce les sourcils pour que Tristan cesse de taquiner leur ami avec ses plaisanteries. Jean renifle, et ça fait un drôle de bruit.

– Comment je vais retrouver une armure à hanter ? Celles des chevaliers adultes sont trop lourdes à bouger pour moi, et la mienne est partie au recyclage.

– J'ai une idée ! s'écrie Tristan, brusquement. Au musée, ils ont des armures de toutes sortes. Il y en aura forcément une à ta taille.

– Mais comment veux-tu qu'on s'en procure une ?

Tristan fait un clin d'œil à Margot.

– On est mardi, le musée est fermé... Mais je te rappelle qu'on a une clé...

– Hum, tu ne crois pas qu'on a eu assez d'ennuis ? remarque Margot.

Mais Jean-sans-Corps se met à pleurer,

alors pas le choix : avec le heaume sous le bras, ils prennent la direction du musée de la ville.

Ils dénichent la sortie du personnel. Fermée.

Tristan sort la clé étrange de sa poche.

– S'il vous plaît, madame, je vous en prie, voudriez-vous nous ouvrir l'huis ?

– Avec grand plaisir, minaude la clé.

– N'oublie pas… chuchote Margot. Tu ne la laisses pas sur la serrure.

– Qu'est-ce qui t'inquiète ? demande son ami.

– Tu as vu comment sont les objets, aujourd'hui… Les miroirs hantés, les guerriers morts. Imagine si tous les souvenirs du musée se réveillaient en même temps !

Tristan n'avait pas pensé à ça. Ils entrent.

Tout est plongé dans le noir, les volets sont clos. Le garçon allume sa lampe torche, qui commence par clignoter.

– À force, il n'y a presque plus de piles…

– Pressons-nous.

Ils traversent les salles des peintures. Les personnages des tableaux paraissent les dévisager.

Ils descendent à l'étage des sculptures. On dirait que les colosses et les jeunes femmes de marbre blanc bougent, dans le faisceau rond de la lampe.

– Pas de raison que des âmes errantes habitent des statues, n'est-ce pas ? demande Tristan à Jean-sans-Corps.

– Non. Enfin, je ne pense pas… Les armures, c'est encore loin ?

– C’est dans la crypte, avec tous les machins historiques.

Ils prennent le dernier escalier. Sur le palier, un squelette de vélociraptor ne semble attendre qu’une occasion de s’animer.

Pourvu que l’esprit de son propriétaire ne traîne pas dans le coin…

10

Un bruit dans le noir !

Les voilà enfin dans la crypte des trésors historiques.

Il y a deux sarcophages de l'ancienne Égypte, avec une momie authentique.

Il y a un casque de l'armée romaine, et un bouclier gaulois.

Il y a un bout de drakkar viking, avec sa figure de dragon.

Ils continuent.

Dans la deuxième salle, la lampe éclaire tout un tas de lances, de piques, de halle-

bardes, de trucs de chevalerie.

– Nous y voilà, murmure Margot à Jean. C'est la salle du Moyen Âge.

Silence.

– Jean ? Tu n'es plus là ?

– Jean-sans-Corps, réponds, ce n'est pas drôle !

Un bruit, derrière eux.

– Tu… Tu as entendu ? s'inquiète Tristan.

– Oui… C'est toi, Jean ?

Un grognement. Et là – bim, au pire moment – la lampe s'éteint !

– Secoue-la, vite ! s'écrie Margot.

Tristan fait ce qu'elle dit. Mais ça ne fonctionne pas. Et ils entendent des pas, dans le noir.

– Ouvre et ferme le compartiment des piles… Vite…

– Attends… J'ai des allumettes !

Tristan en craque une. Dans la brève lueur, ils aperçoivent une silhouette et… De peur, Tristan lâche l'allumette.

– Tu… Tu as vu ce que j'ai vu ? chuchote Margot, dans le noir complet.

– Oui… C'était… on aurait dit la momie… Attends, je vais prendre une épée.

Tristan fait un pas de côté, pour attraper l'arme d'un chevalier. Il marche sur la lampe qu'il a laissée tomber, tout à l'heure. Il roule dessus et… se retrouve les quatre fers en l'air.

Et là, catastrophe… lumière !

Dans le rond de la lampe torche ressuscitée par le choc, la momie apparaît, à deux mètres. Elle les regarde d'une drôle de façon, les bras levés, l'air… très très affamée !

– Ha ha ha, voilà un quatre-heures qui tombe à pic ! fait-elle d'une voix d'outre-tombe.

– Aaaaaaaaaah, fuyons !

11

Dans la bouche de la momie !

Margot et Tristan se mettent à courir dans la direction de la salle suivante.

Montent dans un ancien lit à baldaquin. La momie les suit.

Bondissent derrière une guillotine. Elle les déniche.

Se cachent derrière deux grognards de Napoléon. Elle les trouve.

Ils se jettent dans une vieille malle. Sous un tas de costumes en soie.

– Chuuuut, pas un bruit…

En risquant un œil, ils voient la momie qui tourne et retourne dans la pièce.

Ses yeux semblent rouges et furieux.

Ses dents noires brillent dans l'obscurité.

Ils entendent sa respiration, lourde, menaçante, profonde…

Comment fait-elle pour les retrouver dans chaque recoin ? Alors qu'il fait presque nuit ?

Est-ce qu'elle peut les flairer, avec son instinct d'âme morte depuis si longtemps ?

– Faim, j'ai si faim… répète la momie. Je veux manger Tristan et Margot…

Tristan, qui allait se glisser hors de la malle pour s'emparer d'un vieux mousquet, se fige.

– Mais… mais comment elle connaît nos prénoms ?

– Et d'ailleurs, est-ce qu'elle ne devrait pas parler égyptien ? ajoute Margot.

– Il y avait des quatre-heures à l'époque des pharaons ? s'interroge Tristan.

– Jean !!!! s'exclament-ils, d'une seule voix.

– Ha ha ha, bien sûr que c'est moi ! Comment voulez-vous qu'une momie reprenne vie ?

– Ben… on ne sait pas… bredouille Tristan.

– Avec les âmes errantes des guerriers, on a un peu de mal à suivre, poursuit Margot, sur un ton de reproche.

– Espèce d'imbécile… fulmine Tristan. Tu as failli nous faire peur !

– Failli ? Vous auriez vu vos têtes !

– Ouais, ben tu peux parler ! rétorque le rouquin. Tu n'as pas un physique de rêve.

– Mais c'est creux, une momie ? demande Margot.

– Comme une marionnette… J'ai juste eu la place de me glisser par la bouche ouverte…

– Errrk ! J'imagine l'haleine, grimace Tristan. Dégoûtant, vraiment !

Épilogue

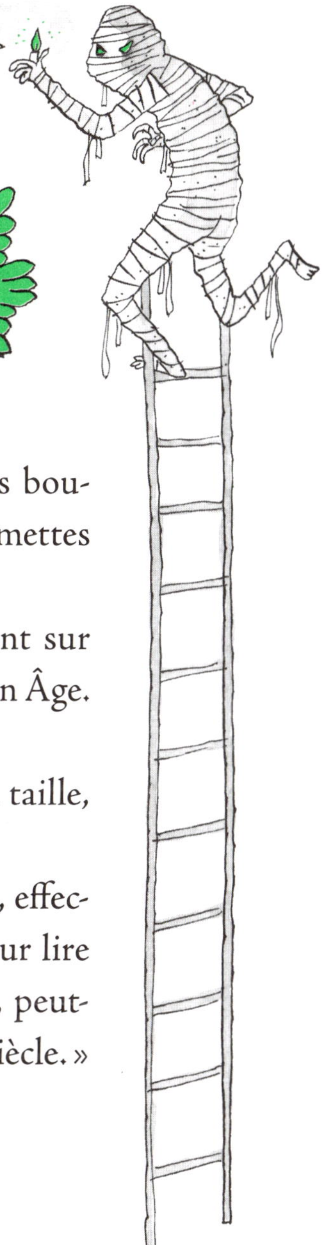

Jean-la-Momie allume trois bougies d'un lustre, avec les allumettes de Tristan.

Tous les trois, ils reviennent sur leurs pas, dans la salle du Moyen Âge.

Et là…

– Regarde, une armure à ta taille, Jean !

Il y a un chevalier tout petit, effectivement. Ils se précipitent pour lire l'écriteau : « Armure d'enfant, peut-être celle d'un fils de roi. XIVe siècle. »

– Tu crois qu'elle est vide ? demande Tristan.

– Toc toc, il y a quelqu'un ? tente Margot.

Silence. Pas de réponse.

– Hé hé, je vais être un prince ! s'exclame Jean, surexcité.

Et il retire déjà le heaume pour s'y glisser.

– Ouais... Ben, mon prince, avant d'enfiler ta boîte de conserve, va remettre ta vieille peau à sa place ! se moque Tristan. Je n'ai aucune envie de la transporter moi-même.

Aussitôt dit, aussitôt fait.

La momie est retournée dans sa vitrine.

Jean prend place dans l'armure et lance :

– Allez, on y va !

– Tu n'emportes pas le casque ? s'étonne Margot.

– Hum, non... Je préfère rester décapité... Je me suis habitué. Je leur laisse le heaume en souvenir. Mais il y a un détail auquel on n'a pas pensé... Comment expliquer à ton père mon retour dans l'hôtel ?

– Aucune idée...

– On pourrait te planquer au grenier, suggère Tristan. Je connais une certaine armoire à miroir...

– Tu es dingue ! s'exclame Margot.

– Je plaisante... D'ailleurs, je vais laisser la clé magique dans le ventre de la momie. Personne ne risque de tomber dessus avant des siècles et... l'armoire restera bien fermée.

– Bon, et pour moi, on fait comment ? s'impatiente Jean-sans-Tête.

– On n'a qu'à dire qu'on t'a retrouvé dans le caniveau en revenant de la piscine, propose Tristan. Tu étais tombé du camion.

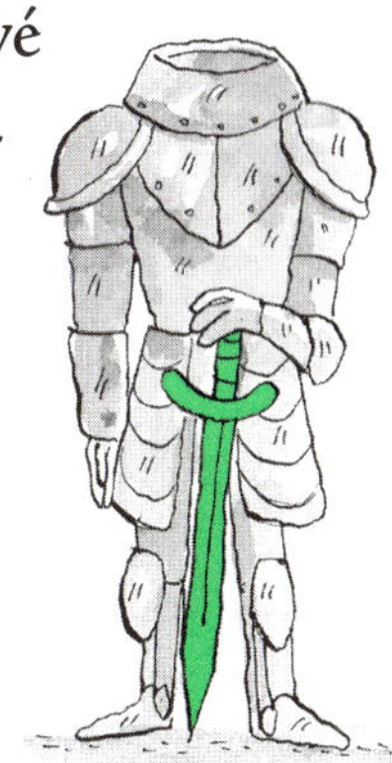

– Oh oui ! applaudit Margot. Et je dirai à papa de te garder dans nos appartements privés.

– Un prince dans un caniveau ! gémit Jean. Ça n'est pas très brillant.

– Les rois, moi, je leur coupe la tête ! rigole Tristan.

Avant de quitter la crypte, ils essayent de ranger un peu le bazar qu'ils ont mis. Puis ils soufflent les bougies du lustre.

Dans le noir, ils remontent les escaliers du musée.

– Tristan ?! appelle soudain Jean.

– Oui ?

– C'EST LA MOMIIIIIIIEEEEE !

Tristan sursaute, tombe sur les fesses.

Ils éclatent de rire, tous les trois.

Puis ils sortent du musée.

– Vous ne voudriez pas me porter ? demande Jean.

– Pourquoi, tu fatigues déjà ? s'étonne Margot.

– Non, mais ça risque de faire bizarre, un chevalier décapité qui se promène sur les boulevards. Vous ne croyez pas ?

L'AUTEUR

Vincent Villeminot vit et travaille dans les Alpes depuis treize ans.

Il est l'auteur de nombreux romans, dont la trilogie *Instinct*, *Ma famille normale contre les zombies*, *Ma famille normale contre les yétis* publiés aux éditions Nathan, et le projet choral *U4* publié aux éditions Nathan et Syros.

Il tient à préciser qu'il ne porte PAS de lunettes.

L'ILLUSTRATRICE

Joëlle Dreidemy est diplômée de l'École Émile-Cohl, où elle est aujourd'hui professeur. Quand elle n'enseigne pas, elle dessine (et chante)! Elle travaille pour la presse et l'édition jeunesse, aussi bien en France qu'à l'étranger. Elle vit à Montpellier.

Tu as aimé ce roman ?